허영만의
커피한잔
할까요?

허영만 글, 그림 | **이호준** 글

위즈덤하우스

커피는 악마같이 검지만
천사같이 순수하고
지옥같이 뜨겁고 키스처럼 달콤하다.

-탈레랑

차례

1화

눈 오는 날엔 좋은 일이

나 먼저 나갈게.

응. 다녀와.

UCLA

혹시 집에 원두 남은 것 있나?

없어.

원두 떨어진 지 한참 됐어.

왜? 커피 마시고 싶나 보지?

응. 긴장되는지 그러고 싶네.

오늘은 그냥 가고 퇴근 시간에 거기서 만나서 사 가지고 오자.

덜컹

여보, 파이팅! 꼭이야! 꼭!

8

자, 머신 세팅을
해볼까.

기이잉

!

어서 오….

잘 주무셨대유?

여기가 좋쥬?

커피 마시는
목동이 난가?

예. 양의 해니께
양을 그렸슈.

맘에 들유?

굿!

만화 작업은
안 하고
이걸 그렸어?

잘 안 풀리믄
딴 일로
기분 전환
혀야유.

앉아.

아녀유, 그냥 갈규. 전에 주신
원두도 많이 남았는걸유.

마시고 가.
내가 줄 수 있는 건
커피뿐이야.

한 잔 커피에 담긴
위로의 양은
평등하지만
그걸 마시는
사람들의 상처는
결코 똑같지 않지.

창작은
외로움이잖아.
그 외로움은
깊게 패인 상처를
남기는 법.
커피 한 잔으로
예술가들의 상처에
조금이라도 위안이
되었으면 좋겠어.

카캬캬. 알았슈.
위로받을규.

스시 집 주방장이 밥을 움켜쥘 때
밥알 수가 거의 같게 나온다는디
사장님 경력이믄 저울 따위는
무시해도 되는 것 아녜유?

커피 불문율 중에
이런 말이 있어.

절대 자신을
믿지 마라!

위
이
잉

탁
탁
탁

탁
탁
탁
탁
탁
탁

맡아봐.
과테말라 안티구아야.

으흠.

커피 향을 맡으니께
예전 일이 생각나유.

첨에 여기 반지하에 작업실 낼 때 콩 볶는 커피집이 위에 있다길래 이제 내가 좋아하는 커피향을 매일 맡을 수 있겠구나 싶었쥬.

안 작가가 순진했지.

커피 볶는 냄새는 곡물 볶는 냄새 그 이상도 그 이하도 아니야.

원래 원두의 다채로운 향기는 시간이 좀 지나야 구별할 수 있어.

그래유. 자주 맡다 보니께 그 볶는 향에도 미묘한 차이가 있다는 걸 알았지 뭐유.

아~ 오늘은 향이 날카로운 게 사장님 기분이 꿀꿀한가 보다. 이런 식유.

자!

탁

14

좋유!
스모키향이 없어서
더 좋유!

작가들 모임에서
잘난 체하는 인간이
과테말라 원두는
화산지대의 비옥한
토양에서 자라 스모키
향이 강하다고 그러잖유.

그래서 제가 그러믄 제주도에서
자란 귤과 당근도 스모키향이
나냐고 한 방 날려줬쥬. 캬캬캬.

바리스타
다 됐군.
커피 만화를
그려보면 어때?

그것도
소재 중의 하나유.

그런데 가게 이름 말유.

왜 2대 커피냐고?

예. 미혼이시라 자식도 없으신디….

원래 이화여대 앞에서 커피숍 하고 싶어서 부탁했는데 간판쟁이가 술 퍼마시고 저렇게 만들어 왔어.

봐뒀던 자리는 주인 변덕 때문에 날아가버렸고 그래서 에라 모르겠다 하고 이리 와서 그냥 있는 간판을 달았지.

캬캬! 재미있어유! 만화 스토리감유!

전 또 굉장헌 사연이 있는 줄 알았쥬!

숨겨놓은 아들 뭐 이런 거?

크크크. 일테면유.

굿 애프터눈.

!

어서 점심
먹고 와요.

틱

곧 손님들이
몰려올 텐데.

후우.

웬 한숨?

무슨 일
있어?

일은 뭐…
남들은 남자친구랑
뭐 먹을까 행복한
고민하는데
난 맨날 집 지키는
개처럼 커피가게
보초나 서고
있으니…

그렇군. 오늘은
같이 식사할까?

짜장면
같은 거 말고!

야! 들어와!

아니 이 총각
아직도….

일주일째
문밖 출근이야.

저… 저요?

이름이 뭐랬지?

강고비입니다.

광고비?

그렇지. 고비랬지.

고비사막처럼 순수하고 넓게 살라고 지은 이름이랬지.

커피숍에서 몇 년 일했다 그랬지?

라테 한 잔 내려봐.

!!

시험인가? 고비 씨, 잘해요.

예… 옙.

너무 재주를 부리려고 그랬군.

더 잘할 수 있었는데 오늘은….

뭘 예쁘게 잘했구먼.

한 시간만 가게 봐!

!!!

김 선생, 점심 먹으러 가자!

증말?

기이잉

아… 저… 저….

뭐 먹을까?

순대국밥!

짜장면 싫다더니 순대국여?

난 남자친구랑 순대국밥 먹으면서 낮술 마시는 커플이 제일 부럽더라.

후룩

...

휴우

벌떡

한명진 씨!

한 시간 동안
총 스물일곱 분의
손님이
다녀가셨습니다.

그중 열다섯 분은 선생님이
안 계시다고 돌아가셨고
나머지 열두 분은
아메리카노 일곱 잔
라테 다섯 잔을 마셨습니다.

고비 씨
똘똘하네.

제자 생긴 것
축하해요.

제자?

여유가 있으니까 점심도
같이 먹고 좋네, 뭘….

기계 청소
깨끗이 했습니다.

자기야,
커피 한잔 하자.

고비 씨도
와서 한잔해요.

예.

내 꿀을 생각하면 이러면 안 되는데 커피만 마시면 행복해지니… 참.

나 그만 갈게요.

내일은 동창모임이라 못 와요. 점심 잘 챙겨 자셔요.

땡큐.

안녕히 가세요.

고비 씨.

버텨! 곧 눈이 올 것 같아.

눈이요?

기다려봐.
눈이 올 때
저 사람
옆에 있으면
꼭 좋은 일이
생긴다고!

선생님!
눈이 옵니다!

기이잉

툭   툭   어서 오세요.

커피 드릴까요?

한 사람 더 오면 마실게요.

아메리카노 테이크아웃이요.

기이잉

여보, 좀 늦었네.

눈을 보고 있으니까 지루하지 않았어.

문자로 연락해준대.

무슨 커피
드릴까요?

라테로
주세요.

제가
갖다 드릴게요.

맛있게
드세요.

God Shot!

갓샷(God Shot): 창작에 영감을 주거나 삶의 변화를 일으킬 만한 극적인 커피 한 잔.

26

부르르

！

！

여보, 이것 봐!

어머나!

축하합니다
다음주부터
출근하세요

인디아나 무역

여보, 그동안
참고 기다려줘서
고마워!

끄덕
끄덕

오늘 커피 너무 잘 마셨습니다. 가져갈 원두는 뭐가 좋을까요?

케냐AA.

가스도 빠지고 완벽해요.

Kenya AA

2015.1.12

11월에 수확해서 막 수입한 생두예요. 작년에는 세계적으로 커피 생산이 아주 부진했는데 어디선가 또다시 이렇게 생두가 나와서 전 세계 사람들이 그해 처음으로 마실 수 있는 뉴크롭이 바로 케냐AA 지요.

새해에 이 녀석을 마실 때면 버텨줘서 참으로 고맙다는 말을 해주고 싶어요.

어이쿠.

쿵

여보! 조심해! 다치면 출근 못 한다!

뉴크롭(New Crop): 수확한 지 1년 이내의 생두.

선생님,
안녕히 가십시오.
내일은….

내일부터는
여덟 시까지 나와!

감사합니다!
선생님, 감사합니다!

∞∞ 2화 ∞∞

60점짜리 커피

자기, 안녕~

오늘은 일찍 왔네?

어제 못 봤드만 자기가 보고 싶더라.

신참은…?

벌써 포기한 거야?

안녕하세요?

청소하고 있었어요.

오!

멋진데.

자기계발에
인색하지 마라,
강고비.

강고비!

마셔!
에스프레소야.

그리고
맛을 기억해!

어때?

….

역시 선생님의
에스프레소는
짧은 충격이지만
긴 여운을 남깁니다.

마치 제 고등학교
체육 선생님이었던
일명 미친개의
매질처럼요.

깔깔깔!

앗! 죄… 죄송합니다!

손님들 오기까지
한 시간가량 여유가 있다!
그 안에 1킬로그램의 원두를 써서
에스프레소 맛을 재현해봐!

!!!

최상의 맛은
필요 없어.
지금 마신 그대로
뽑아내야 해.
그런데 중요한 건
그라인더 메시를
풀어버렸다는 거야.

컴퓨터로 말하면
초기화 버튼을
눌러버렸다는 거지.

세팅부터
시작해.

그라인더 메시(Grinder Mesh): 분쇄 입자의 크기를 조절하는 부품.

쏴아

위
이
잉

텁텁

과다추출
인가?
메시를
파인으로
돌려서
입자를
가늘게
해봐?

위이잉

말이 쉽지.
저게 해운대
모래사장에서
쌀알 찾기인데….

자르르

곧 손님 들이닥칠
시간인데
그만해요.

그 손님도
중요하지만
저 손님도 중요해.

36

자기
많이 달라졌네?

한 사람
책임지기 싫다고
결혼도 안 한
양반이….

기 이 잉

아메리카노 한 잔
테이크아웃이요.

!

잠깐만요!

선생님! 손님이
오셨는데요.

네 실력으로는
안 되겠다는
거냐?

예… 아직….

!

그럼 오늘
에스프레소
손님은
받지 않는다!

저 이야기는
에스프레소를
베이스로 하는
아메리카노, 카페라테,
카푸치노 등을
팔지 않겠다는 의미!

오늘 매출
타격 입겠네!

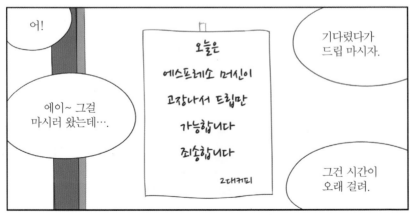

어!

에이~ 그걸
마시러 왔는데….

오늘은
에스프레소 머신이
고장나서 드립만
가능합니다
죄송합니다

2대커피

기다렸다가
드립 마시자.

그건 시간이
오래 걸려.

강고비,
퇴근 준비해라.

선생님,
제가 문을
닫아도 될까요?

왜?

머신을
원 상태로
돌려놓겠습니다.

제가
너무 쉽게
생각했습니다.

오늘
매장 손실과
원두는 제가
배상하겠습니다.

됐어!
나는 남의 꿈에 투자 안 해!

현실을 극복하기 위해 노력하겠다면 내 원두는 맘껏 써도 좋다!

그게 아니라면 여기서 그만둬!

냐아아

탁

탁

탁

탁

탁

탁

일단 추출량은
30ml로 하고

압력은 9바

총 추출 시간은
30초

물 온도는 93도

저울에
포터필터는
0점을 재고

좌악

위이잉

포터필터(Porter Filter) : 분쇄한 원두를 담아 에스프레소 머신에 끼우는 도구.

포터필터에
18그램을
채우고

잘 부탁한다.

우욱!

레벨링이 문젠가?

레벨링(Leveling): 손으로 포터필터 안의 원두를 고르게 펴서 수평을 맞추는 작업.

문제는
탬핑인가?
그라인더
인가?

탬핑(Tamping): 포터필터에 담긴 분쇄된 원두를 다지는 작업.

에스프레소가
이렇게 힘든 것인 줄
미처 몰랐어.

기계를 통해서
커피가 나오니까 모두들
버튼만 누르면 되는 줄 알지.

원두의 상태, 분쇄 입자의 크기, 분쇄 양… 하나하나가 맛을 다르게 한다는 걸 사람들은 알까?

그나마 장마철이 아닌 게 얼마나 다행이야.

습기 먹은 원두에 치가 떨린다는 선배도 수두룩한데.

힘내, 강고비! 이런 정도 고비를 못 넘기고서야!

탕탕탕

!!!

누구세요?

촤아악

하느님이 보우하사 우리나라 만세!

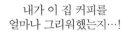

내가 이 집 커피를
얼마나 그리워했는지…!

사장님은
안 계세요?

영업 시간
끝났는데요.

그러지 말고
에스프레소
한 잔 주세요.

내가 2대커피를
얼마나 그리워했는지
공항에 내리자마자
혹시나 싶어 이리
달려온 거예요.

딱 한 잔만요.

지금
마시지
않으면
미쳐버릴지
몰라요.

대신 빨리
마시고
나갈게요.

덜
컥

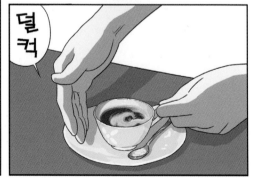

！

이게 뭐죠?

해외출장 중에도 이 집
커피 생각이 간절해서
일을 못 볼 정도였는데
나한테 왜 이래요?

...

뭐… 이런!

으아암

원두 몇 킬로그램 썼지?

호퍼 세 번 비웠어요.

호퍼(Hopper): 그라인더에서 원두를 담는 윗부분.

에스프레소 내려봐!

!?

턱

덜컥

오늘도
에스프레소 없이 간다!

!!!

엇! 뭐야!
머신이
고장이라고?

사장님! 저 에스프레소
마시고 싶어 왔는데
어떡해요?

오늘은
드립만
돼요.

탁 탁
탁

에스프레소
안 된다면서
그쪽 기계는
왜 만져요?

되게
하려고요.

탁
탁

문제는
자기구먼!

혼자 마시지 말고
나도 줘봐요!

……

나 오늘 일 못 할 것 같아.

사장님, 저 오늘 회사 못 가요.
어제 상해서 비행기가 못 떴어요.
예, 내일 뵙겠습니다.

이봐요. 나비넥타이!
나 이제 시간 많으니까
만드는 족족 맛 좀 봅시다잉!

굳이
그럴 것
까지야…

자기를 위해서 이러는 게 아니라
나를 위해서예요.

오늘 뭔가 결말이 나야 내일부터라도 이 집 커피를 마실 수 있을 것 아네요.

여기 단골손님 중에서 사장님 에스프레소 맛은 내가 제일 잘 아니까 결정을 내려주겠다고요.

자기 나빠!

자기가 에스프레소로 하루를 시작하는 사람들의 심정을 알아요?

눈뜨자마자 하루를 담배로 시작하는 사람들한테 암말 안 하면서 나 같은 사람은 왜 겉멋 든 된장녀쯤으로 생각하는 거지요? 도대체 왜?

난 아침에 이걸 마셔야 머리가 맑아지고 온몸이 깨어나는 느낌이 든단 말예요! 그리고 저녁에 이걸 마셔야 마음이 차분해지고 하루가 정리된다고요! 그런데 자기 때문에 내 하루의 행복이 엉망이 됐어요!

자기가 뭔데 내 행복을
뺏어가는 거야?
자기가 뭔데?
자기한테는 그럴
권리가 없다고!

이건 괜찮은데
한 잔 더
하시겠어요?

노우! 네버!
더 이상은 무리!

카페인에
취했어요!

좀비가
따로 없네.

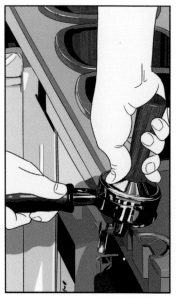

선생님,
이것 한 잔
드시겠어요?

에구, 딱해라.
이제 봐줘요.
어차피 자기 커피 맛을
100퍼센트 재현한다는 건
불가능하잖아요.

오늘은 그만 퇴근해라.
눈 붙이고
내일 다시 출근해.

점수를 주신다면?

60점!

브라보! 그 정도면 대단한 거야!
고졸 신인 투수가 홈런왕 박병호
삼구삼진 먹인 거랑 같다고!

짝짝짝

기이잉

오늘은
고장 났다는
글이 없구나.

아직 계시네?

어서 오세요.

휴우. 괜히
나 때문에
잘리지 않았나
얼마나
걱정되던지….

덕분에
살아남았어요.

잘리지 않았으면
그만한 이유가
있겠지….

에스프레소!

아직 60점짜리 에스프레소 예요.

괜찮아요. 오히려 그게 좋아요.

그동안 드립커피만 까다롭다 생각했는데 오해였어요.

에스프레소도 까다롭고 섬세한 커피라는 것을….

나는 자기가 나머지 40점을 채워가는 과정을 느껴보고 싶어요.

물론 사장님의 에스프레소를 더 자주 마시겠지만요.

고맙습니다!

에스프레소의 진정한 매력은 입안에 감도는 향긋한 향기와 달콤한 여운에 있고 그런 에스프레소 한잔을 마시고 나면 마치 사랑하는 사람과 키스를 나눈 것과 같은 기분이 든다.

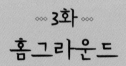

3화
홈그라운드

난 카페 고르는 기준이 까다롭다.

커피 맛이 좋아야
하는 것은 기본.

커피 잔도 중요하다.
머그잔보다는 더 정교하고
정성 들여 구워진
도자기잔을 선호한다.

주인이나 직원 모두 친절해야 하며
매장 내부는 깔끔해야 하고

화장실은 되도록
남녀가 구분되어야 한다.

규모는
작을수록 좋다.

이것은 단체손님이
없다는 뜻이고 그만큼
조용한 공간이라는
반증이기도 하다.

음악은 클래식이
잔잔하게 깔려야 하며
가끔 멍하니 바라볼 수 있는
창가 옆자리가 있어야 한다.

더불어 그 창가 자리는
서향이 아니어야 한다.

일몰의 햇볕은 눈이 부시고 뜨겁고
노트북 작업에 애를 먹게 만든다.

물론 와이파이와
전기를 쓸 수 있는
콘센트는 필수다.

왜 이렇게
까다롭냐고?

난 예비창업자이고 카페는 내가
하루 종일 업무를 보는
사무실이기 때문이다.

오늘도 나는
내가 고른 카페로
출근하고 있다.

그런데

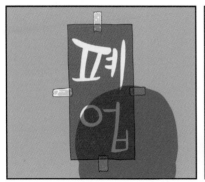

망했다.

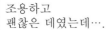

조용하고
괜찮은 데였는데….

그러니깐 아예
폐업이란 말이죠?

가게 이전이
아니고요?

혹시 이 부근에
비슷한 분위기의
카페 없나요?

으응…
거기가 비슷하려나?
저 뒤쪽에….

이만하면
자리도 좋고

음…
커피 맛도 통과.

맘에 들어.
사무실로 딱이야.

사무실?

여기
와이파이 비번이
어떻게 되죠?

음… 손님들도 꾸준히
드나드는 걸 보면 금방
문 닫을 집은 아니야.

매일
출근이시네요.

여기는
제 임시사무실이니까요.

이거
리필 되죠?

물론입니다.
우린 모든 메뉴에
아메리카노
리필을
제공합니다.

인심도 좋고…
그만이야.

제가 드릴 수 있는 건
오직 커피뿐입니다.

저도
성공해서 뭐든
나눠주고 싶은
그런 사람이
되고 싶네요.

제가
임시사무실
대표니까
사업아이템을
여쭤봐도 될까요?

토탈 리뷰 사이트예요.

카메라, 자동차, 맛집, 부동산, 컴퓨터 등
세상에 존재하는 모든 것들을 경험하고
장단점이나 특징 등을 파악하고
정확한 정보를 올려 여러 사람들이
볼 수 있게 올리는 거죠.

정보의 홍수시대에
살고 있는 현대인들은
오히려 그 정보에
파묻혀버리는 바람에
선택장애를 앓고 있다는
기사를 보고
착안했어요.

전문가들은 물론
일반인들도 리뷰를
올릴 수 있도록
할 겁니다.

느낌이 오는데요.
물론 커피도
포함되겠네요?

물론입니다.

미리
인사드립니다.
앞으로
잘 부탁합니다.

저보다 훌륭한
커피전문가가
많으니
전 빼주세요.

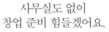

사무실도 없이
창업 준비 힘들겠어요.

맞습니다.

아무리 인터넷이
발달했다고 하지만
사업이란 것이 결국
사람과 사람 사이의
관계 설정이고 관계 설정은
대개 특정 공간에서
이뤄지거든요.

사무실 구할 돈이 없는
저희 같은 사람들에게 카페는
구세주 같은 공간입니다.

그런데 이게
또 만만치
않더라고요.

아무 카페에서나 작업이 잘되는 것도 아니고 마음에 드는 카페 만나서 작업 좀 할라치면 자리를 너무 오래 차지하니까 눈치를 보거나 쫓겨나기도 하고….

그러다 이 카페를 만났어요.

다행입니다.

조만간 투자를 받으면 흩어져서 작업하는 동료들이 한데 모여 작업할 수 있는 사무실을 오픈할 겁니다.

실제로 관심을 보이는 투자자가 몇 있어요.

느낌이 좋으니 그때까지만 부탁드리겠습니다.

걱정 마시고 편안하게 마무리 지으세요.

고맙습니다.

왜 이리 잘해주세요?

손님이니까.

어! 자리가 없네!

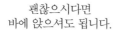
괜찮으시다면
바에 앉으셔도 됩니다.

손님 모시고
바에 앉긴 좀….

다음에 올게요.

죄송합니다.

선생님, 저 손님
너무하는 것
아닙니까?

아침부터 와서
하루 종일 자리를
독차지한 게
일주일째라고요!

넓은 창가,
조용한 분위기,
그리고 맛있는 커피….

나라도 오래
머물고 싶은데 뭘….

아무리
그래도 그렇죠.
테이블 두 개
있는 카페 영업도
생각해줘야지,
원!

이렇게
눈치 보면서
일이 제대로
되나?
차라리
집에서 하지!

넌 집에서 공부되던?

!

리필 부탁합니다!

죄송합니다만
음악 볼륨 좀…
중요한 순간이라….

클래식으로
바꾸는 게 어떨까요?

저 잠시
복사 좀 하고 올게요.
금방 올 겁니다.

오우~ 얄미워!
오우~ 얄미워!

이 부분은 비주얼이
중요한데 이렇게
허접스럽게
만들면 어떡해?

투자자가
우리를
어설프게
생각할 것
아니야!

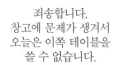

죄송합니다.
창고에 문제가 생겨서
오늘은 이쪽 테이블을
쓸 수 없습니다.

기이잉

잘못했습니다. 너무 알미워서 그만….

얄밉다고 그러면 쓰나.

옛날에는 다방이 사무실이었던 때가 있었다.

다방 전화를 회사 대표 전화로 공동으로 쓰면서 사장님, 전무님 부르면 나가서 다방 전화를 받곤 했지.

식사하러 가시는 거죠? 그런데 가방은 왜 들고 가세요?

식사하고 다시
오실 건데
가방은
놔두고 가세요.

아닙니다.
오늘은
동료들
미팅이
있어서요.

여기서
미팅하시지….

아네요.
여기는 좁아요.

안녕히 가세요.

고맙지 뭐.
잘 가슈.

다음 날.

오늘은 안 오시네요?

그래서 후련해?

...

정리 끝났습니다!

수고했다.
퇴근해.

그 손님 다신
안 올까요?

누구?
예비창업자
말이냐?

저 때문에
안 오는 것
같아서….

신경이
쓰여?

아무래도
그렇죠.

속이 그렇게
좁아서 사업을
어떻게 하려고.

그만 들어가라.
난 로스팅을
좀 하다
들어갈 거야.

탁　탁탁

탁

탁　탁　탁

안 가?

선생님
로스팅하는
모습에서
밥 짓는
엄마 모습이
떠올라서요.

음… 커피콩도 곡물이고
로스팅은 그걸 볶아서
익히는 과정이니
틀린 말은 아니지.

선생님, 저 문득
밥 같은 커피를
만들고 싶다는
생각을 했어요.

조앤 롤링
알지?

《해리포터》작가.

조앤 롤링은 어렸을 적부터
상상력이 남달랐다고 한다.
열 살 넘기고는
동생들에게 들려줄
단편소설도 직접 썼다고 하니까.

하지만 재능이 있다고
늘 자기가 원하는 삶을
살아가는 건 아니지.

성인이 된 그녀는 직장을
구해야 했고 맨체스터에서
사회생활을 시작했지.
그녀는 매일 같은 기차로
출퇴근하면서 《해리포터》 이야기를
구상했대.

《해리포터》의 시작은
거기서부터야.

그런데 그녀에게 어머니의
죽음이라는 불행이 왔고
그 슬픔을 잊기 위해
포르투갈로 떠나게 됐지.

거기서 남편을 만나
딸을 낳고 살았지만
이혼하고 여동생이 있는
에든버러로 이주했어.

특별한 직업도 없이
생계보조비와 잡일수당으로
생활을 이어가면서도 《해리포터》를
완성하기로 마음먹었어.

여기서 그 유명한
엘리펀트 하우스가 나온다.

the elephant house

조앤 롤링은 딸을 어르고 달래며
이 카페 한구석에 앉아
《해리포터》를 완성했던 거야.

그때 카페 주인이
눈치를 주거나 쫓아냈으면
《해리포터》가 생길 수 있었을까?

난 그 카페가 《해리포터》 탄생에
일정 부분 기여를 했다고
생각한다.

다른 카페도
있잖아요.

카페도 손님과
궁합이 있다.

집하고 가깝다는 등의
자잘한 이유일 수도
있겠으나 여하튼
그 카페여야 했던
이유가 있었을 거야.

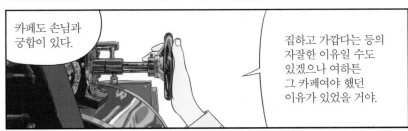

결국 제가 우리 카페를 마음에 들어 하던 장래 위대한 사업가를 내쫓았네요.

그건 알 수 없지.

찝찝해요.

밥 같은 커피를 만들고 싶다고 했지?

예.

밥이 뭐냐? 밥은 희망이요, 기쁨이요, 행복이다.

그건 카페에도 해당한다.

밥 같은 커피를 팔고 싶다면 그 커피를 마시는 카페도 그에 합당한 공간이어야 한다.

기이잉

어서 오세요.

그동안 다른 사무실로 이전 하셨나 했습니다.

아닙니다.

동료들과 기획서랑 제안서 마무리하고 투자자들에게 피티하러 다니느라 바빴습니다.

결과는?

투자자 중 제일 적극적인 분과 여기서 만나기로 했습니다.

미스터 강, 저 때문에 고생 많았죠?

아니요… 저… 원래 그런 놈이 아니…

쏴아아

물 넘친다.

저 눈치 없는 놈 아니에요. 하루 종일 커피 한두 잔 마시면서 자리만 차지하고 있고… 눈엣가시죠.

오늘이 마지막일 수 있으니 기대해주세요.

그런데 이걸 어쩌죠?

아!

30분 정도 여유가 있으니까 기다려볼게요.

하하! 까르르!

아무래도 금방 일어날 것 같지 않아요.

가까운 데 괜찮은 카페가 있는데 늦기 전에 장소를 변경하시죠.

여기서 하고 싶은데… 투자자가 커피마니아이시고 무엇보다 제 방처럼 편안한 느낌이 드는 곳이라….

큰일이네.

저 손님 스포츠 좋아하세요?

예.

축구 한일전 어떠세요?

한일전 너무 재미있죠!

그럼 홈그라운드의 이점을 아시겠네요.

물론이죠.

특히 붉은악마의 함성이 압권이죠!

대한민국~

짜짝 짝 짝

그럼 이 순간만큼은 저분의 붉은악마가 되어주세요.

저분은 지금 홈그라운드의 이점을 살려 결정적 슛을 날리려는 분이거든요.

예가체프입니다.
레몬의 맑은 산미가
돋보이는 커피인데 이 자리에
어울릴 것 같아 준비했습니다.

잘됐으면
좋겠
네요.

넌
홈그라운드에서
패배를
용납할 수
있어?

아니요.
절대로요.

턱

잘해
봅시다!

감사합니다!
동료들에게
빨리 이 사실을
알려주고 싶어요!

커피나
카페 고르는
안목이
훌륭해요.

종종 회의를 이곳에서
잡아보도록 하겠습니다.

좋아요.
대신 자주는 안 됩니다.
이제 번듯한 사무실에서
사업을 키워가야지요.

가끔 정말 마음에 들어서
나만의 공간으로
삼고 싶은 카페가 있다.
그런 카페는 안 되는 일도
잘 풀릴 것 같은 느낌이 든다.

⟡ 4화 ⟡
보온병의 커피

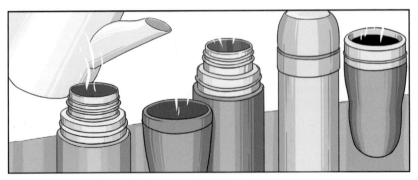

여기 커피가
괜찮거든.

응. 커피
기다리고 있어.

탁 탁
탁
탁

왜 이렇게 오래 걸려요?
지각하겠어요!

텀블러를
데우는 중입니다.

그냥 넣어주세요!

아, 예.

쩝.

꿀.

휴우.

오전 러시는 힘들어요.

러시(Rush): 손님이 한꺼번에 들이닥치는 시간.

그래서 항상 자기 몸 관리를 해야지.

하나둘.

하나둘.

요새 재활용 문제 때문인지 보온병과 텀블러를 사용하는 손님이 늘었어요.

쏴아아

보온병은 진공 상태에서 보온과 보냉이 목적이고 텀블러는 보온과 보냉을 동시에 하며 오래 마실 수 있게 만들어진 휴대용 컵이다.

여하튼 장소에 구애받지 않고 자신이 좋아하는 커피를 즐기고 싶은 사람들이 늘어나는 것이니 우리에게는 희소식이야.

오전 커피는 하루의 기분을 좌우하니까 더 신경 써야 해.

슥 슥

근데 요즘 김 선생님이 안 오시네요. 어디 아프신가요?

워낙 아침잠이 많은 여자야.

그리고 네가 있으니 자주 나올 이유도 없고….

저 때문에 선생님이 섭섭하시단 말씀?

이젠 제가 섭섭하네요.

까악!

지각이다!

어후, 놀래라.

좀 깨워달라니까!

고3 이후로 알람시계가 네 엄마라고 했잖아.

딸보다 더 자는 엄마가 어디 있어!

어제 몇 시간 잤어? 으아암.

두 시간! 늦었으니까 말 시키지 마!

쿵쿵쿵

늦었으면 아예 가지 말고 나랑 놀자!

놀면 엄마가 나 취직시켜 줄 거야!

참 엄마는 불난 데 부채질하는 소질이 있어!

우리 딸 취직 못 하면 평생 엄마랑 놀지 뭐 걱정이야.

엄마랑 노는 거 사양할래요! 박석 아저씨랑 노세요!

커피밖에 모르는 사람하고 뭘….

갔다 올게! 정말 퍼펙트 지각이다!

아아. 햇살이 참 좋네.

...

...

요새 라디오는 왜 이리 말이 많을까?

덜컥

베토벤 피아노 협주곡 4번 2악장.

이제 오늘의
첫 커피를
마셔 볼까나.

덜컥

오늘은 발랄하지만
결코 가볍지 않은 시다모.

턱

마치 나 같은….

쏴아아아

드르르르르

띠리리리

띠리리리

띠리리리

띠리리

띠리리리

맘대로 떠들어봐.
이 숭고한
순간에 전화를
받을 순 없어.

띠리리리

띠리리리

띠리리리

띠리리

띠리리리

띠리리

!!

어휴, 질겨!

탕

!

신회복

딸 남친!

여보세요.

엄마.

너 휴대폰
놔두고
갔구나?

갖다달라고?

지금?

중요해. 어서!

하루 없이
보내봐!

안 돼! 안 돼!
난 핸드폰 없으면
동력 끊긴
로봇이야!

딸 숨넘어가니까 빨리!

숨넘어가!

내가 이걸 포기할 것 같아?

띠리리리 띠리리
띠리 띠리리리
띠리리 띠리리
띠리리 윽!
띠리리

지금 커피가 중요해? 딸이 중요해?

귀신 같은 년!

쾅

자!

엄마 고마워!
사랑해!

이럴 때만
아양이니!

올 엄마
삐치는 것
보니까
진짜 커피
못 마셨구나.

딸년 협박에 한가롭게
커피 마실 엄마가
몇이나 되겠냐?

보온병에라도
담아오지 그랬어.

!

맞다! 보온병.
내가 왜 그 생각을
못했지?

엄마, 나 들어간다.

저녁은?
먹고 싶은 것
없어?

문자 보낼게.

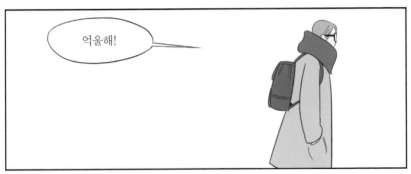

억울해!

2대거피

뭐… 안 좋은 일
있으셨어요?

잘 봐둬.
저 상태가
바로 커피를
한 잔도 못 마신
얼굴이야.

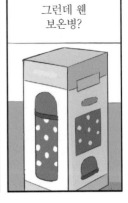

그런데 웬
보온병?

억울해서 샀어!

일단 커피부터 줘.
내 몸에서
카페인 달라
아우성이야.

오전 커피는
놓쳤지만
이건 절대로
놓칠 수 없지.

고비,
잘 봐둬.

여자가 가장
아름다운
순간이다.

또각

또각

또각

무슨 일이야?

집에 없어서.

집에 찾아오지 말랬잖아!

되게 쌀쌀맞네.

특별히 따뜻하게 할 이유도 없잖아.

자리 옮겨서 이야기 좀 하자.

이거 놔!

선생님, 나가봐야 하지 않을까요?

신경 꺼!

그래도….

로스팅 할 시간이다.

말도 안 되는 소리하지 마!

주거래은행
통장 내역이야.
새로 오픈한
레스토랑이
이제 막
흑자로
돌아섰다고.

그런데 갑자기
투자자가
발을 빼겠다고
투자금을
돌려 달래.

그래서?

이참에
투자자 지분
50퍼센트를
인수해서
100퍼센트
오너 셰프가
되고 싶어.

철이 없는 건 여전하군.
그래서 내 집을 담보로?

이자율이 살인적인 사채를 쓸 수는 없잖아.
이번이 마지막이야. 레스토랑이
곧 본궤도에 오르면 금방 갚을 수 있어.

이자도 섭섭지 않게 잘 쳐줄게.
이번만 도와주면 두 번 다시
이런 말 하지 않을게.
자신 있어! 내 말을 믿어줘!

못 들은 얘기로
하겠어!

마지막 남은
정까지
긁어가지 마!

제발!

또각

또각

자기야, 어떻게
그럴 수 있지?

팔이 붙잡혀
가는 걸 보고
강 건너 불 보듯
할 수 있냐고!

내가 끼어들
상황이
아니잖아.

그렇다고
나와보지도
않고 로스팅을
하고 있냐고!

화는
커피 내리는 일에
도움이 안 돼.
화난 상태에서
내린 커피를
손님한테
내놓을 순 없어.

커피가 나보다
더 중요하단 말이지?

정말 잘났어!

또각

또각

또각

107

덜컥

탁

왔니?

어이구,
웬 청승?

올 엄마
실연당했나
보네.

커피도
그대로 있고.

이 집 말이야.

?

우리 둘이
살기엔 너무
크지 않냐?

갑자기 웬 말이야?
이사 가고 싶어?

박석 아저씨랑
무슨 일 있구나?

그런 게 아니고
그냥 청소도
힘들고
너 시집가면
어차피 나 혼자
살 텐데….

덜컥

저녁 혼자
먹으면서
이런 궁리
했어?

그런 거
아니래도.
진지하게
물어보는
거야. 어때?

뭘 어때?
난 당연히
반대지.

쮸우욱

쭈욱

쭈욱

쭈욱

이 집에
추억도 많고
시집가도 자주
놀러 와서 사위랑
와서 자고 가려면
이 정도는 돼야지.
거기에다 손주까지
생기면….

그런가…
그 생각까진
못했구나.

그렇지만 이 집 주인은 엄마잖아. 맘대로 해.

잠깐!

또 왔구나!

또 오긴… 누가….

엄마, 날 봐! 내 눈 보고 말해, 엄마!

집 판다는 얘기 돈 때문이지?

왜 또 레스토랑에 문제 생겼대? 사귀는 여자 자동차 사줘야 한대?

투자자가 발을 빼겠다고 한대.

뻔뻔해! 그건 자기 일이지! 우리랑 무슨 상관이야!

무슨 말을 그렇게 하니?

엄마,
정신 차려!
그 인간에게
정이 남아 있어?
응? 말해봐!

그렇게
말하지 마라.
내 남편은
아니지만
그래도 여전히
네 아빠다.

아빠는 무슨!
다 필요 없다 그래!
자기 좋아하는
일만 하는 사람
아빠로 둔 적 없어!

잘 다니던
직장 팽개치고
요리 배우겠다면서
임신한 아내 놔두고
유학 가는 사람이
아빠야? 아빠냐고!

거기에다 딴 여자랑
놀아나고! 나쁜 새끼!

이번이
마지막이래.

매번
마지막
이랬잖아!

다 너를
위한
일이야.

네 결혼식 때
아빠 손잡고
들어가야지.

됐다 그래!

난 엄마만
있으면 돼!
그 사람
내 가슴에서
지운 지 오래야!

난 신랑 손잡고
들어갈 거야!
요샌 그렇게
많이 해!

엄마 집이니까 마음대로
집 팔아봐!
그날로 난
나가버릴 테니까!

!

미안하다.
정말 미안해.

뭐가 미안해.
난 엄마한테
고마운데.

그냥 모든 게
미안하다.
자꾸 그런 말 마.
엄마는 할 만큼 했어.

으흑.

잉잉잉.

저는 이만
퇴근하겠습니다.

응.
내일 보자.

부르르르

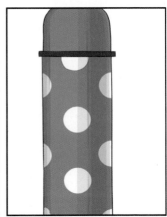

어떻게
알았어?

스파이.

많이
울었어?

늙어서
그래.

결과는 긍정?
부정?

긍정도
부정도 아닌
모정.

끼릭

끼릭

쪼
르
르

자.

그러고 보니
오늘 하루 종일
커피 한 잔도 못 마셨네.
으음.

시다모!

오늘 정도면 시다모를
마실 것 같아서….

내 남친 맞네.

당분간 딸하고
시간을 많이 보내야겠어.
나 모르는 사이에
많이 컸더라고.

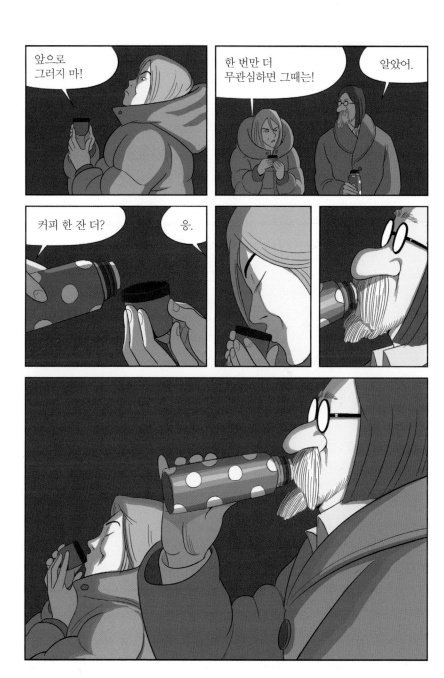

좋네.

응?

보온병에
커피 담아다주는
남자친구도 있고….

보온병 커피는 언젠가 식는다.
그때 우리가 해야 할 일은
보온병에 실망할 것이 아니라
마시기 좋은 온도의 커피를
다시 채워 넣는 일이다.

⋙ 5화 ⋙
지옥에서 커피 한잔 헬커피

2대커피

예. 라테 두 잔,
아메리카노 한 잔,
에스프레소 한 잔
준비하겠습니다.

턱

선생님이 오늘도
에스프레소 머신을
세팅하셨다. 빨리 내가
해야 할 텐데….

맛있게 드세요.

잠깐!
이거 언제 내렸지?

방금요.

내 말은
네 잔의 커피 중
몇 번째로 내렸냐고.

다 같이 내렸는데요.

에스프레소는
말 그대로 가장
신선한 상태에서
마셔야 하는 거 몰라?

에스프레소를
내려놓고 라테나
아메리카노를
만들 때 이미
에스프레소는 맛이
떨어져버렸어.

2대커피에 오면 커피는
신경 안 써도 좋았는데
요새 여엉~

죄송합니다.

제가 교육을 제대로
못 시킨 죄입니다.

후우.

오늘도 실수가 잦았습니다.
죄송합니다.

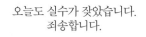

사과는 됐고
내일 쉬는
날인데
뭐할 거냐?

특별한 거
없습니다.
집에서
연습해야죠.

연습은
나중에 하고
내일 나랑
갈 데가 있다.

와!
영화 보러
갑니까?

아니, 지옥!

지… 지옥이요?

진짜 지옥이네!

이 친구가 과다추출이니까
파인으로 돌려서
조정해보겠다던 그 친구?

!!

과다추출이면 그로사로
돌려서 입자를 조금 더
굵게 했어야지.

버… 벌써 소문이 퍼졌군요!

소문이
아니라
전설로
남을걸.

선생님 나빠요!

아니.
난 아니야.

삐약

그라인더 수입 회사랑 통화했는데 갑자기 2대커피에서 문의를 해오길래 놀랐다고 하더라고.

머신 조작법도 인터넷 검색해서 따라 했겠구먼.

어떻게 이런 쌩뚱이가 2대커피에 들어갔지?

쏴아아

인사는 이쯤 끝내고 커피 한잔 할까?

옙.

광고비, 잘 봐둬.

이러다가 이름 바뀌겠어요.

다른 사람의 커피를 마시는 것도 공부고 연습이야.

저 두 친구의 커피는 배울 만한 가치가 있어.

쏴악

융드립!

ㅇㅇ

선배님 앞이라
긴장됩니다.

요섭이 융드립이라면
믿어 의심치 않아!

나도
저런 말을
듣고 싶다.

융드립을 가까이에서
보면 신기해요.
물줄기도… 손동작도….

융드립에 쓰이는 융도
크기나 천의 재질에 따라
다양한 종류가 있죠.
그걸 사용하는 사람의
성향도 제각각이고….

아는 척!

앗! 죄…
죄송합니다!

그럼 물줄기 양을
극도로 적게
조절하는 이유는?

드립페이퍼에 비해
물이 잘 빠지는
융이 그 물을 오래
머금을 수 있게
하기 위해서죠.

드립페이퍼에 비해
융은 물이 잘 빠지니까
물을 오래 머금을 수 있게
하려고 그러는 거야.

100점.

드립페이퍼 대신 융드립을 하는 이유는?

음… 음.

융드립은 원두의 지방 성분을 빨아들이지 않고 그대로 내보내서 커피가 부드럽고 목 넘김을 좋게 만들지.

알지만 모르는 척.

원두 자체의 풍성한 맛을 조금 더 솔직하게 표현할 수 있고 바디감을 묵직하게 하지.

한마디로 융드립은 개성이 강한 커피를 만들어.

….

덜컥

만델링입니다.

오래간만에 진한 풀냄새를 맡게 생겼구나.

땡큐.

만델링(Mandheling): 남성적인 향미를 가진 원두.

광고비, 기다려!

광고비로 굳어졌구먼.

헬라테!

!!!

맛있어요!

물론이지! 내 라테니까!

난 우유하고 커피가 분리되기 전에 마시는 걸 좋아하거든!

그래서 손님들도 그렇게 마셔야 해!

손님을 리드하는 맛! 멋있다!

요새도 여기 이름을 따라 하는 곳이 많나?

신경 안 씁니다. 어차피 임성은의 헬라테가 진짜 헬라테니까요.

헬라테를 마셨으니 권요섭의 융드립 커피도 마셔봐야지.

헬카페에선 이 두 가지는
꼭 마셔봐야 해.

어때?

우와~ 이렇게
쫀득쫀득하고
진득한 쓴맛은
처음이에요.

더 자세히!

쓴맛도 여러 가지
종류가 있는데
약 먹을 때처럼
기분 나쁜
쓴맛이 있는
반면 이건… 뭐랄까…
굉장히 깔끔하고
기분 좋은 쓴맛이에요.

기본은 있구먼.
탄 맛과 쓴맛을
구별하다니.

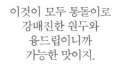

이것이 모두 통돌이로 강배전한 원두와 융드립이니까 가능한 맛이지.

통돌이요?

저거다!

일본 유니언사에서 만든 유니언 샘플 로스터!

로스터.

대류열을 뺏기지 않게 바가지를 씌우고.

우와~ 수동식!

우리나라에서 통을 제일 많이 돌린 사람이 권요섭이야.

이제 해탈의 경지랄까.

통돌이는 무조건 강배전으로만 나오나요?

아니. 약배전, 중배전도 가능해. 그런데 왜 강배전만 하냐고?

요샌 강배전이 죄악시되는 시대잖아.
그런 경향이 싫기도 하고… 강배전도
분명히 나름의 개성이 있는데 말이지.

그리고 새로운
생두를 받을 때면
아~ 강배전으로 하면
어떤 맛이 나올까 하는
호기심도 발동되고…
아무튼 나만의 방식이야.

그렇다고
누구나 할 수
있는 건 아니야.

약배전도
중배전도
강배전도
모두 생두를
잘 익혀야
하니까.

두 선배님,
진짜 멋있어요!

쉿! 이제
본론이 시작된다!

성은 선배는 로스팅 전의 생두를 펼쳐놓고 결점두 골라내기.

요섭 선배의 20분 간격의 로스팅.

그사이 손님이 오면 주문받기.

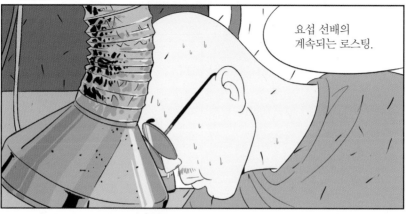

요섭 선배의 계속되는 로스팅.

문을 열어 환기시켜!

드르륵

요섭 선배는 로스팅이 끝난 원두를 통에 담아 식히고,

성은 선배는 원두를 체질한다.

쏴악

쏴악

다시 로스팅.
하루 평균 두 시간.

종이컵에
손잡이를
끼고
쌓는다.

설거지.

원두 포장지에
도장 찍기.

수동식 로스팅이 이런 것이었군요.
작업을 보고 있는
제가 다 힘들어요.
왜 헬카페인지 알겠어요.

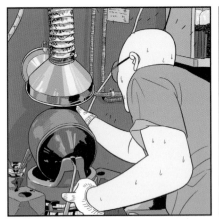

에잇!
결국 태웠네!

환기!

환기!

웬일이냐
네가… 이런
실수를 다 하고
혹 사채 쓴 것
있어?

약 올리지 마!

커피를 만드는
사람의 감정이
손님에게 그대로
전달될 수 있으니
진정해.

오늘 로스팅은 끝!

이봐, 광고비.

예.
강고비….

화려한
바리스타의 세계,
이런 거 상상하고
있다가 환상이
다 깨졌지?

한 가지 충고할게.
커피를 내리는 일보다
그 외의 일을 더 많이
하게 될지 몰라.
지금이라도 다른 일을
알아보라고.

다른 일
그만두고
커피로
왔는데요.

어쩌면
진짜 고통은
말이지.

고통!

매일 여기 갇혀서
똑같은 일상을 보내며
내 커피를 마셔줄
손님을 기다리는 거야.

우리는 자진해서
지옥에 갇힌 셈이지.

그래서
카페 이름이
헬카페야.

악마여~
회개하라~

천국이 너희것이니라

앗!

전능하사 천지를 만드신
하느님 아버지를 내가
믿사오며 그 외아들
우리 주 예수 그리스도를
내가 믿사오니 이는
성령으로 잉태하사….

천국이 너희것에

나가세요!
장사에 방해돼요!
어서요!

악마여~
회개하라~

헬카페
이름 때문에?

응.

더 큰 문제는
요섭이 아버지가
목사셔.

에?

그만 갈까?
배도
출출하고.

탁

원두 좀 사갈게. 5일 정도
지난 걸로 세 봉지 부탁해.

여기요.

HELL
AFE

얼마지?

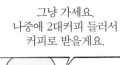

그냥 가세요.
나중에 2대커피 들러서
커피로 받을게요.

아버지는?

간판 고치고
교회 나오라고
여전하시죠, 뭐.

중간에서
어머니가
고생하시
겠어.

아버지 때문에
지옥에
못 오시니
오히려 잘됐죠.
ㅎㅎ.

덜컹

덜컹

덜컹

덜컹

덜컹

덜컹

왜?
내 얼굴에
뭐 묻었어?

외로워 보여요.

선생님도 지옥 생활 30년이잖아요.

30년 넘게 모르는 사람들을 기다리셨잖아요.

덜컹

생각하기 나름이야.

덜컹

내가 깨달은 게 있다면 그곳이 어디든지 커피가 있는 곳이라면 기다림이 꼭 고통이나 지옥을 뜻하는 것은 아니란 거다.

덜컹

덜컹

승객들의 표정이 밝지 않지?

예.

덜컹

덜컹

내가 마법을 보여줄까?

?

HELL CAFE

툭

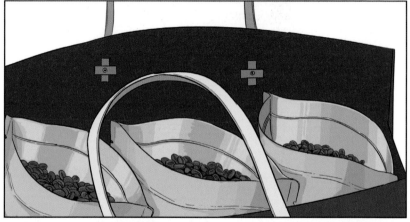

어디서 이런
향기가…?

커피 아니야?

커피는 악마같이 검지만 천사같이 순수하고
지옥같이 뜨겁고 키스처럼 달콤하다. -탈레랑-

∞ 6화 ∞
안녕 자판기

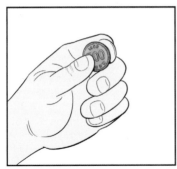

오! 노!

판매중지

덜썩

칼국수 정말
맛있었어요,
선생님.

다행이다.

노우~

영어 자신 있으세요? 아니면 그냥 가시죠.

알코올 중독자일 수도 있어요.

이럴 순 없어! 이 커피를 마시기 위해 일부러 여기까지 왔다고!

영어를 몰라도 되겠구나.

한국말을 잘하시네요.

교환학생 출신입니다.

저는 제임스라고 합니다.

꼭 이
커피여야 하는
이유는요?

교환학생 시절
이 부근에서
하숙을
했거든요.

낯선 나라에서
무척 외롭고
힘들었는데
이 커피만큼 저한테
위로를 준 것도
없었습니다.

그때 느낌을
다시 느껴보고
싶은 거죠.

지하철
역에도
자판기
커피
있는데.

노노노!
다른 자판기
의미
없어요!

맛도 달라요!

자판기마다
관리자 연락처가
있는데….

이건 지워져서
안 보이네.

어떡하죠?

미국 코리아
타운에서도
이 맛 찾는 데
실패했어요.

이번 출장에 건
기대가
컸는데…

주인 아는 사람
없을까요?

시간이 없어요.
저는 내일 귀국합니다.

단 한 번만이라도
좋습니다.
진짜로 다시
마셔보고 싶어요.

요새 누가
자판기 커피
마신다고, 쯧쯧.

당신 너무 무례해.
이 커피 진짜
좋은 커피예요.

선생님,
그만 가시죠.
오후 러시
준비해야죠.

끼 이 익

152

이거지?

응.

앗!
뭐하시는 거예요?

고물상입니다.

골물상? 그게 뭡니까?

저승사자!
쉽게 말하면
저 자판기 곧
죽는다는 거예요.

!!!

잠깐! 절대 안 돼요!
절대! 네버!
저 이 커피 아직 못 마셨어요!

어?

어?

선생님, 늦겠어요.

고비야.

예, 선생님.

나도 갑자기 이 커피가 마시고 싶어졌다.

!

딱하기는 하지만 이런 일로 카페를 비우시면 안 됩니다, 선생님.

내가 자판기 주인을 알고 있어.

여보세요. 예, 예.

잠깐 이 전화 받아보세요.

예?

왜 미리 아신다고 말씀 안 하셨어요?

나도 자판기가 고장 난 줄 알았지.

요새 돈 넣고 자판기 커피 빼먹는 사람이 어디 있나?

식당에서도 미니자판기 갖다놓고 공짜 커피 주잖아.

그리고 젊은 사람들은 원두커피 마시고….

너무 속상합니다.

예전에는 용돈벌이라도 됐지. 요새는 청소나 관리도 힘들고 전기값에 물값에… 배보다 배꼽이 더 커져버렸어.

그래서 에라 모르겠다 수거해가라 한 거야.

하루 말미를
주실 수 있습니까?

자 여기!

박 사장 부탁이니
특별히 들어주는 거야.

저 문 앞에 관리 도구랑
재료들 있으니
채워서 드셔.

허허, 감사합니다.

감사는 뭐…
어차피 수거해가면
버릴 거였는데
재료값 쳐주니
나야 밑지는
장사가 아니지.

작동법은 알지?
전기는 집주인한테
전화 넣어놓을게.

맛이 달라지면
안 되는데요.

배합은
한 번도
바꾼 적
없으니까
맛은 똑같아!

고맙습니다.

그나저나
경쟁자가 사라지니
속이 후련하시겠어.
박 사장.

한때 자판기 때문에
속 많이 상했잖아.

무슨 말씀?

20년쯤
전이야.

이 동네에
카페를 열고
그 자판기를
이기기 위해
무던히
애를 썼지.

설마요.
이깟 자판기 커피 따위가
우리 선생님 커피와
경쟁을 하다니요.

선생님 말씀을
의심하는
못된 학생.

덜컹

어메이징!
내부는 처음 봐요!

찰칵
찰칵

자, 시작
해볼까?

삭
삭

슥삭

슥삭

슥

슥

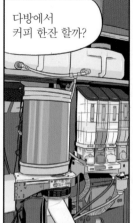

다방에서
커피 한잔 할까?

요새 다방이
어디 있어?
카페지, 카페.

그래.
쓰기만 한 원두커피
파는 곳이라나.

에이,
누가 돈 내고
그런 커피를 마셔.

저기 자판기 커피나
마시자고.

도대체
네 커피가
내 커피보다
잘난 게 뭐야?
뭐냐고?

이깟 기계가
만드는 커피한테
박석의 커피가
지다니
말이 안 돼!

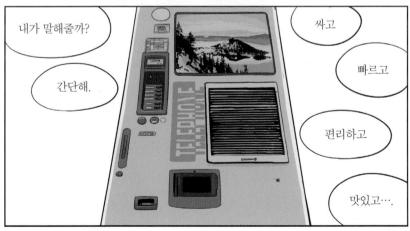

내가 말해줄까?

간단해.

싸고

빠르고

편리하고

맛있고….

159

제임스본드,
물 흘리지
마요!

지금 누구 때문에
이 고생을
하는데….

투덜이!

바로 여기야.

돈을 넣고 메뉴를 선택해서
누르면 온수와 재료가
믹싱 볼에서 혼합되고

토출구에서
대기 중인 종이컵에
담기게 되지.

여기서는
재료들의 비율을
조절할 수 있고.

감동! 감동!

탁 탁

전원을 꼽았지?
그럼 동전 넣을
필요 없이
세팅하고….

딸칵

선생님, 마치 자판기 관리인 같아요.

적을 속속들이 알아야 이길 확률이 높지.

쾅

이제 한번 해볼까?

제임스 씨, 첫 잔은 당신 몫입니다. 누르세요.

옷! 정말요?

제발~ 제발~

역시 자판기 커피는 밀크커피··· 그런데 떨려요.

유난 떨긴···.

꾸욱

덜컥

위이잉

쪼르륵

classic

왓!

아아아~

바로
이 맛이에요!

전 세계 어디에서도
맛볼 수 없는 커피!

이제 죽어도
여한이 없습니다!

이 표현
제대로죠?

그걸
이럴 때
쓰나?

나도 한 잔.

아~

난
안 마실래요.

커피 기계 앞에서 뭣들 하는 거요?

수거하기 전에 마지막 커피 한잔 마시는 중입니다.

수거? 그래서 이 자판기가 한동안 조용했었구먼.

참 모든 게 빠르게 변하는 세상이요.

처음에 이 자판기 커피 나왔을 때 신기했는데….

이젠 공중전화기랑 같은 처지가 됐구먼.

정말 줄까지 섰어요?

그럼. 내 기억으론 아마 70년대 초반에 인스턴트 커피가 나왔지.

처음에는 그저 그랬는데 전기밥솥이 유행하면서 서서히 숭늉 자리를 대신 차고 들어왔지.

숭늉?

누른 밥 물에 말은 거.

전기밥솥은 누룽지가 안 생기거든.

한국 사람들은 식사 후에 이 숭늉을 마셔야 마무리가 되는데….

이탈리아 사람들이 에스프레소를 마시는 것처럼요?

그렇지요.

아, 저도 숭늉 마셔본 기억 있습니다. 커피와 숭늉은 맛이 많이 다른데 그 느낌은 알 수 있을 것 같아요.

암튼 인스턴트커피에 중독된 사람들이 늘어날 때 이 자판기 까지 나온 거요.

시도 때도 없이 숭늉 대신 커피를 마실 수 있게 됐지요.

밥 먹고 커피 한잔에 담배 한 개비… 당시에는 최고의 후식이었어요.

와! 그레이트! 대단한 스토리입니다!

이상 믿거나 말거나였습니다.

나도 한 잔 줘봐요. 동네 다방 같은 자판기였는데 지나칠 수 없지.

아~

선생님, 오늘 가게는 쉬는 겁니까?

이런 데 어떻게 자리를 뜨겠어?

진짜 공짜야?

와글

와글

와글

예! 맞다니까요!

!!!

너는 왜 왔어?

금세 동네사람들을!

할아버지 따라서요.

아이구, 고맙습니다.

밀치지 마요.

어후, 오늘 영업은 틀렸구나.

시어머니한테 구박받으면 화를 삭일 겸 이 자판기 커피를 마시곤 했지.

술 마시고 이 자판기에 주정 참 많이 했어. 발로 차고 소리 지르고….

중학교 때 선생님 몰래 커피 빼먹는 맛 그만이었지~

어라? 율무차는?

아니 조선시대 사람인가? 율무차 사라진 게 언젠데….

그럼 우유도 없겠네요.

하하하.

대학교 때 수업 끝나고 동기나 선후배들이 여기 모였죠.

다른 과 여학생들을 훔쳐볼 수 있는 기회였죠.

자판기 앞에서는 각종 정보가 교환됐고 더러는 사랑을 나누기도 하고….

전 커피 여섯 잔을 책으로 받쳐들고 가다가 그녀와 부딪혀서 옷에 다 쏟고….

그래서?

지금 같이 이불 덮는 사이랍니다.

우리 아버지는 아직도 시골 버스터미널에서 자판기 커피 한잔 마시면서 버스 기다리는 걸 좋아하세요.

그나저나 익숙했던 물건이 또 사라진다니 아쉽네 그려.

이걸 같이 드세요!

카스테라다!

하하하!

크크!

찰칵

광고비,
이게 마지막 잔이다.
진짜 안 마실 테냐?

….

감성이 메말라 갈라진
논바닥 같은 살람~
이런 추억도 없으면서
어떻게 사람들에게
마음이 담긴
커피를 팔라요?

사실 저도
자판기 추억이
있어요.

커피 맛보다
그때 분위기를
즐기고 있어요.

군대 시절
눈 오는 겨울,

초소 근무를 마치고
들어와서 마시는
자판기 커피의 따뜻함….

미래에 대한 확신도 없이
방황할 때 자판기 커피로
위안을 삼을 수 있었죠.

솔직히
이 자판기가
부러워요,
선생님.

조금 전에
수많은
팬들 보셨죠?
자판기 팬들.

전 지금까지
누군가에게
그런 용기와
편안함을 주는
커피를 대접한
적이 있는가
생각해보게
됩니다.

앞으로 더 열심히
하겠습니다!

광고비,
파이팅!

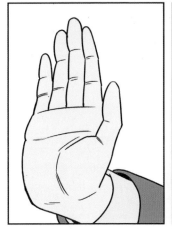

그동안 수고했다.
네 덕에 많은
사람들이 커피를
알게 됐지.

자판기가 1978년에
처음 들어왔으니까
꽤 나이배기네.

판기야! 안녕.

넌 많은 사람들에게
좋은 친구였어.

이 정도면
너를 위한
마지막 파티도
괜찮았지?
고맙다.
정말 고맙다.

오늘 감사합니다.
저 때문에 장사까지
못하고….

나도 좋은
시간 보냈어요.
퇴역하는 기계가
나를 감동시켰어요.

내일 돌아
가는데
자판기
커피랑
비슷한 맛나는
커피믹스라도
사
갈래요?

괜찮습니다.
제 혀와
마음에
그 맛을
저장했습니다.
그걸로
족해요.

172

다음에는 저희 가게로 오세요!

물론이죠. 꼭 가겠습니다, 안녕.

이젠 속 후련 하시겠어요, 선생님.

뭐가?

경쟁자를 완전히 이기셨잖아요.

글쎄….

아녜요?

나는 가끔 로봇 바리스타를 상상한다.

예? 로봇이 커피를요? 설마요!

난 가능할 것 같아.
상상해봐라.
전 세계 생두에 대한
정보와 로스팅 포인트를
꿰차고 있으며 추출 때
정확한 온도와 시간이
입력되어 있고
가장 알맞은 도구를
사용할 줄 아는
로봇이 만드는 커피….

거기다 유명 바리스타의
레시피를 모두 알고 있고
손님의 몸과 심리 상태까지
파악한다면 불가능은
아니지.

안 돼요!
생각만 해도
끔찍해요!

얼마 전 일본에서
자판기 커피를 마셨습
니다. 기존의 자판기
커피와 다른 점은
프렌치 프레스 스타일로
정교하고 공들여서
내려주는 커피였다는
것입니다. 솔직히 어설픈
카페 커피보다 낫더군요.
그때 문득 머지않은
미래에 커피를 두고
사람과 로봇이 경쟁하는
시대가 올 수도 있다는
생각이 들었습니다.

∞7화∞
오렌지처럼 상큼하게

에스프레소 주세요.

...

제 얼굴에 뭐가 묻었나요?

혹시… 몇 살?

뭐야~ 편의점에서 담배 사는 것도 아닌데~

고등학생 맞지?

예. 이번에 고3 됐어요. 그런데 왜 갑자기 반말이에요?

고등학생이 무슨 커피야! 가!

저 여기 첨 아네요. 단골이에요.

커피는 애들이 마시면 몸에 안 좋아!

대학교 들어가면 와!

어휴~ 원시인!

뭐?

화나죠? 저도 마찬가지예요.

나도 숙녀예요. 애들이라니요!

긴말 필요 없고 나는 절대 커피 줄 수 없으니 다른 데 가봐.

아~ 에스프레소 못 뽑는구나? 머신 다룰 줄 모르죠? 그렇죠?

수제자는 무슨 수제자. 알바생이구먼.

뭐… 뭐….

삐약

난 커피 마시려고 왔으니 아저씨 오실 때까지 기다릴 거예요.

내 말이 말 같지 않아?

진짜 계속 반말할 거야?

가원이 왔구나.

아저씨!

오랜만이네.

일본 잠깐 다녀왔어요.

근데 둘 표정이 딱딱한데?

저는 고등학생한테 커피 팔면 안 된다는 생각입니다.

마약 품목에 커피라도 집어넣어야겠구먼.

저도 이 알바생 커피 마시고 싶지 않으니까 아저씨가 뽑아주세요.

또… 알… 알… 바…!

아저씨가 줄 수 있는 건 오직 커피뿐이잖아요.

어쩌지? 에스프레소 머신은 고비한테 넘겼는데….

말도 안 돼요. 뭘 믿고 저 원시인에게 맡겼어요?

말 다했냐! 내가 이 머신 세팅 잡느라고 얼마나 고생 많이 했는데!

실력이 없으니 고생했지 뭘!

절대로 팔 수 없어!

마시기 전엔 안 가!

허헛, 참. 이런 분위기는 곤란해.

어찌 안 되겠냐?

커피하고
고등학생 건강하고
무슨 상관?

죄송합니다,
선생님. 커피를
건강에 민감한
어린 학생에게
줄 수 없습니다.

으음, 그럼
이렇게 하자.

신메뉴 개발!

에스프레소를
바탕으로
가원이 같은
학생들이
부담 없이
마실 수 있는
커피!

엑! 말도 안 돼요!

어머!
저를 위한 커피네요!
너무 좋아요!

가원이는 2대커피
단골손님이야.
커피 마시러 온 손님을
그냥 보낼 순 없잖아.

어차피
봄맞이 신메뉴가
필요했는데 잘됐어.

내가 개발할
첫 메뉴가 저 철없는
고등학생을
위한 거라니….

다음 날.

너 뭐해?

청소요.

청소는
내가 할 테니까
가원이 만나러
가야지.

예? 왜요?

신메뉴 개발을 하려면 그걸 마시는 사람의 성향부터 알아야 할 것 아닌가.

어서 나가!

야야, 그러지 말고 그 카페로 가자. 거기 꽃미남 바리스타가 새로 왔대.

헐~ 핵 맛있겠다.

나 촉 되게 좋아.

얼굴로 커피 만드냐?

이런 미더덕 같은 여편네! 그래서 싫어?

까르르르.

가원… 양.

가원 양이래.

누구?

미스터 반모!

아! 학생에게 커피 안 판다는 원시인….

왜요?

나 좀 봐.

너 개취 진짜 독특하다.

그런 거 아니야.

우린 꽃미남 바리스타 보러 갈게. 잘해봐.

꼭 분식집이어야
했나요?

점심시간
이잖아.

진짜
안 먹어?

많이 드세요.

분식을 좋아하지 않는다.
여고생치곤
독특한 입맛.

• 분식을 좋아하지 않는다.
• 여고생치곤 독특한 입맛.

뭘 자꾸
적어요?

널 파악하는
중이야.

널 파악하는 중이야?
아우, 느끼해.

취미는 뭐지?

!

186

또 다음 날.

1013

!

성격은
어떤 편이지?

몰라요!

자신도 자기 성격을 모른다.
주제 파악 불가형.

이상형은?

남친 있어요.

당황하면 거짓말을 한다.
소심한 편.

이럴 시간 있으면
가게 가서
메뉴 개발이나
하세요.

까칠하지만 현실 감각 있다.
은근한 배려심.

또 또 다음 날.

나 안 올까 봐
걱정했지?

어머!
깜짝이야!

잘 놀란다.
겁 많다.

쫓아오지 마세요.
저 알바 가요.

고등학생이 공부는
안 하고 무슨
돈벌이야.

저한테는
이게 공부예요.

공부하면서 돈벌이한다.
생활력 강함.

어라.

유니폼 입고
있는 게 예쁜데~

아휴! 증말
여기까지~
징글맞네~

가원이
친척이신가요?

아, 사촌오빠
됩니다.
이 녀석 제대로
하고 있나
감시 중예요.

그러지
않아도 돼요.

고등학생
알바생이지만
빵에 관한
열정은
대단해요.
틈틈이
일본
에서
학원도
다녀요.

게다가 오렌지처럼 상큼하고
톡톡 튀는 아이라 분위기메이커
노릇을 톡톡히 한답니다.

오렌지처럼 상큼하고 톡톡 튄다.
대인관계 원만.

이거 먹어요.
점심도
안 먹었잖아요.

!

턱

인심 후하고 정이 많다.
엄마 같다.

그리고 이제
진짜 가세요.

다른 제빵 스텝들은
퇴근했는데 넌 안 해?

전 개인 연습 시간이에요.
콩피 만들기 시작하면
저녁이나 되어야 끝난다고요.

콩피(Confit): '보존'이라는 뜻으로 설탕과 특정 과일을 함께 넣고 끓이는 과정을 반복한다.

콩피?

검색해보시고요.
저는 이만….

껍질만
사용해?

여기가
어딘 줄 알고
들어와요!

뭐…
업무 시간도
지났고
심심할 것
같아 내가
들어가라
했어.

아직 멀었어?
저녁 먹으러 가자.
맛있는 거 사줄게.

가원인 좋겠다.
이런 사촌오빠도
있고….

사… 사… 사….

또 해?

총 네 번에서
다섯 번요.
아직 두 번 더
남았어요.

이래야 떫고
잡스러운 맛이 빠져요.

콩피 완성!

어휴~ 옆에서
구경하기도 만만찮다야~

그걸로 뭘
만들 건데?

구겔호프!

???

인터넷은
이럴 때 필요하죠.

검색
검색
검색

구겔호프(Gugelhopf): 프랑스 알자스 지방의 명과로 브리오슈 반죽을 구겔호프 틀에 넣어 구운 발효과자.

이 시럽은 어떡하지? 가져갈래요?

내가 그걸 뭐 하게?

전 집에 잔뜩 있어요. 하루 종일 저 따라다니느라 고생했는데 이걸로 집에서 에이드 해드세요.

에이드(Ade): 과일 과육과 즙에 설탕 또는 꿀을 넣어 만든 음료.

뭘….

싫어요? 그럼 버려야지, 뭐.

잠깐! 버릴 거면 가져갈게!

밀착 취재 끝났으면 메뉴 개발 들어가야지.

그건 끝났는데 신제품과는 연결하지 못하고 있어요.

떠오르는 이미지가 있을 거야. 그 이미지를 커피에 넣어봐.

아~ 어려워~

이건 뭐야?

어제 가져온 오렌지 시럽이요.

음. 향이 그럴듯 하네.

그래! 맞다!

오렌지처럼 상큼하고 톡톡 튄다. 대인관계 원만.

생각났어?

옛! 오렌지 카푸치노요!

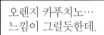

오렌지 카푸치노…
느낌이 그럴듯한데.

바로
시작해볼래요.

기다려.

오렌지 시럽이 들어갈
베리에이션 메뉴에
어울리는 로스팅을
해보마.

고맙습니다.

베리에이션(Variation): 변형. 에스프레소에 다양한 시럽, 생크림, 술 등을 넣은 커피.

선생님이
특별히 볶아주신
블렌드 원두다.
멋지게 해보자,
강고비.

오렌지 시럽을
따르고

원두를 갈고

위잉

레벨링 후
머신에 장착

턱

에스프레소를
뽑아

주르륵

300ml 잔에
붓는다.

잘 젓고

스팀 피처에
우유를 붓고

스팀을 튼다.

피이익

온도 상승.
55도 스톱.

스팀 노즐을
빼고

스팀 노즐을
행주로 닦는다.

치이익

스팀 우유
그릇을
탕탕 친다.

탕   탕

태핑.

탕

탕

스팀 피처를
살살 돌린다.

태핑(Tapping): 표면에 생긴 기포를 깨주는 과정.

롤링.

스팀 피처 안의
우유를 에스프레소가
담겨 있는
300ml 잔에 따른다.

푸어링.

롤링(Rolling): 우유와 거품을 섞어주는 과정.

푸어링(Pouring): 조심스레 거품을 덮으며 마무리 짓는 과정.

역시
부족하군요.

일단 거품이
너무 낮아!

우유 거품 외엔 카푸치노라고 느낄 만한 구석이 단 한 군데도 없다!

오렌지 시럽 때문일까요?

그게 중요한 게 아니야.

베리에이션 메뉴는 전체적인 밸런스가 중요해. 에스프레소, 우유, 거품, 시럽의 맛을 하나도 놓치면 안 된다고.

그런데 이건 우유 맛이 전체를 압도하고 있다.

우유의 단맛을 가장 잘 느낄 수 있다는 55도로 맞췄는데….

우리나라 사람들은 뜨거운 음료를 좋아해서 65~70도까지 올리기도 하지만 55도도 괜찮아. 그건 우리 2대커피의 특색이야.

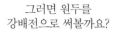
그러면 원두를
강배전으로 써볼까요?

그것도
해결책이 안 돼.

오히려
에스프레소의
맛이 강해져서
역효과일 수도 있지.

어휴~ 신메뉴 개발은
제게 무리인가 봅니다.

해결책은
있다!

예?

300ml짜리 잔을
180ml짜리
잔으로 바꿔!

!

또 하나.
지금 만든 오렌지 카푸치노는
전체적으로 너무 밋밋해!
임팩트가 없단 말이야!

겉모양으로 고객의
호기심을 자극하고
맛으로 그 호기심을
충족시켜야 해!

주둥이가 작아진 180ml 잔으로 바꿔서
거품이 두터워지고 밸런스는 좋아졌는데
아직 에스프레소 맛이 약하다.

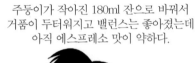

방법이
없을까?

그래. 에스프레소가 약하면
리스트레토 더블샷으로 가는 게 어떨까.
15ml 두 잔으로 해보자.

리스트레토(Ristretto): 농축하다. 짧다의 뜻. 에스프레소와 추출 방식은 같으나 추출 시간이 짧고 양도 적다.

시럽이 담긴
180ml 잔에
리스트레토 두 잔을
섞는다.

스팀 우유를 그 잔에(180ml)
푸어링한다.

약한 임팩트는 이 거품 위에
바로 오렌지를 슬라이스해서…

쏙

기이잉

!!!

가원 씨, 들어오세요.

며칠 계속 따라다니다가 안 와서….

탐색이 끝났으니 갈 필요가 없었습니다.

왜 반모에서 존모로?

저쪽으로 앉으세요.

자! 신제품 오렌지 카푸치노 입니다!

덜컥

와아!
예뻐라!

이게 정말
저를 위한
메뉴예요?

찰칵

찰칵

제대로
됐는데요!
골드링까지
보이고….

식습니다.
어서 드세요.

반모도
불편하더니
존모는
더 불편하네.

카푸치노는 거품 때문에
사과 베어 먹듯
마셔야 하는 것 아시죠?

어떠신지요?

쉿!

아~ 좋다~

잔을 입에 가까이 대면
이 슬라이스에서 상큼한
오렌지 향이 정신을
맑게 해주고 그다음 사과를
베어 물듯 마시면 폭신한
거품이 마음을 편안하게 하고
연이어 달콤한 오렌지 시럽이
개운하게 퍼지네요!

시럽이 과하면 너무 달 수가
있는데 커피와 우유의 맛이
뒤섞여 입안에서
완벽한 조화를… 최고!!

아저씨, 이거 신메뉴로 합격이죠?
제 또래 아이들이 정말
좋아할 것 같아요.

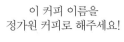

이 커피 이름을
정가원 커피로 해주세요!

저도
선물이
있어요.

제가 어제 만든
구겔호프예요.
같이 먹어요.

어때요? 구겔호프는 하루 정도 시간이
지나야 더 맛있어요. 그래야 콩피의 쫄깃한
식감과 향긋한 향이 빵에 충분히
스며들거든요.

음,
그만이야.

갑자기 또 반모로?

이랬다저랬다 다혈질에
줏대가 없다.
나름 귀엽기는 함.

뭐?

오렌지 카푸치노랑
구겔호프랑
너무 잘 어울려요!

같이 팔까?

저… 정말요?
저야 영광이죠!
하하하!

하하하하!
신제품 개발 성공!

그거 아세요?
사람이나 커피나 결국
겪어봐야 안다는 것을….

∞ 8화 ∞
봄날 커피 한잔은 이렇게

계약서입니다.
한번 보시죠.

지금
사인해야
허남유?

아닙니다.
꼼꼼히 확인하시고
아는 변호사 있으면
자문도 하신 후에
사인해도 늦지 않습니다.

저 겉은 삼류 만화가에게도
이런 날이 오는구먼유.

누구나
처음부터
일류는
아니지요.

작가님은 절대
삼류가 아닙니다.
저희 출판사는
확신이 있어서
계약을 진행하는
것입니다.

감사합니다유.

저희가
감사하죠.

저는 시방
일어나야…

아, 치과 예약
있다고 하셨죠?

먼저 가세요.
나는 커피마저
마시고
일어날게요.

예. 금방
연락드릴규.

쿵

박수

박수

박수

어머니한테 전화드려.

크흐흐.

옴니! 나 출판사랑 계약했슈우우!

깨갱

이 집 커피 좋네.

으음.

벌써 목련이
피었네.

박문윤 대표

리필이라도
해드릴까요?

아니다.
방해하지
마라.

♪♫♬

에잉~

박문윤 대표

지금
뭐하자는 거야?

점심시간에
작가 만나고 오는데
왜 네 시간씩이나
걸린 거야?

봄날 풍경을
감상했습니다.

뭐? 뭐?
지금 출판사가 고꾸라질 판인데
한가롭게 풍경 감상?

꼬박꼬박
출근한 지
8년째입니다.

그래서?
그 정도로
뭘 그러냐,
이건가?

그럴 시간에
작가나 관리해.

안부 전화 넣으면서
필요한 것 없나?
먹고 싶은 것 없나?
다른 출판사랑
만난 적 없나?

요새
소홀한 것이
내 눈에
보여.

….

그게 싫으면
작가 하라고.

x

219

최갑수
편집장도
작가잖아.
작가~

힘든 거 알아.
그래도 어떻게….

편집장의
업무는
저녁 여섯 시
이후부터라는
말도 있는 거
몰라?

카톡

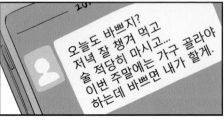

오늘도 바쁘지?
저녁 잘 챙겨 먹고…
술 적당히 마시고…
이번 주말에는 가구 골라야
하는데 바쁘면 내가 할게.

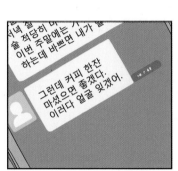

그런데 커피 한잔
마셨으면 좋겠다.
이러다 얼굴 잊겠어.

아,
무슨 일이야?

약속 있어서
나가려고?
5일 후
마감인데
다음으로 미뤄!

이… 이건 뭐야!

잠깐만! 최 편집장! 약속 있으면 일찍 나가라고! 이건 가져가고!

이쪽으로 가시죠. 스파게티가 맛있는 집입니다.

깜짝아!
이게 뭐야?

너라는 이름의
꽃다발.

이 시간에
여긴 웬일이야?
연락도 없이….

너랑 밥 먹고
커피 마시러
왔지.

김 과장,
우리 먼저 갈까?

아…
아닙니다.

나 선약이 있으니까
혼자 점심 먹고
커피숍에서 기다려.

뭐라고?
8년 다닌 회사를
고작 봄 풍경
감상 때문에
때려치웠단 말이야?

제정신이야?
지금 어떤 상황인데?

다시
시를 쓰고 싶어.

뭐… 시? 아구, 머리야~

좋잖아.
과도한 업무에,
저녁이면 늘 술자리로
시간 같이 못 보낸다고
맨날 투덜댔잖아.

네가 원하는 대로
밥도 같이 먹고
커피도 같이
마시고….

다시 가서
잘못했습니다
하고 빌어!

어색해?
금방 익숙해질 거야.

어후,
내가 말을 말아야지.

이런 인간 뭐가
좋다고 10년을
사귀었을까나?

나 먼저 일어날게.

그리고
나 라테 안 마셔.
그러니까
물어보고 시켜.

라테라면 자다가도
벌떡 일어나면서?

라테 안 마신 지
1년이나 됐습니다,
최갑수 씨.

내일 점심은 뭐 먹을까?
가구 보러 같이 가자.

나 출장이야.

여기 선배 시인이 하는 곳인데
드립커피가 좋아.

어때?
분위기 있지?

회사하고
너무 멀어.

에이~
과장 정도면
좀 늦게 들어가도
되지 뭘.

반갑습니다.
뭘 드릴까요?

선배,
가장 좋은
커피로
부탁할게요.

라테 마니아
였는데
드립커피로
돌아섰나 봐요.

아네요.
가장 빨리 되는 걸로…
테이크아웃입니다.

!

왜 그래?
간만에 만든
분위기 깨고….

삐리리

예, 알았습니다.
바로 복귀하겠습니다.

나 먼저 갈게.

이런 것 원할 때는 언제고….

하여간 여자들 마음이란….

네가 미친 거야!

예?

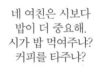

네 여친은 시보다 밥이 더 중요해. 시가 밥 먹여주냐? 커피를 타주냐?

회사 다니면서 시 왜 못 써? 핑계하고는….

턱

저번에 구 선배님 시집 천 부 팔렸다고 술 한잔 쏘더라.

인세 백만 원인데 술 사면 뭐 남나?

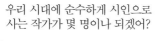

우리 시대에 순수하게 시인으로
사는 작가가 몇 명이나 되겠어?

시와 함께했던
시간은 찬란했던
20대 후반으로
만족해라.

내 충고다.

저도 잘 알죠.
저 시만 써서
먹고 살겠다는 거
아닙니다.

제가 사진도
잘 찍어요. 그래서
여기저기 연재
부탁하고 있어요.

연재?

잡지 연재 고료가
얼마인 줄 알잖아.
겨우 40에서 50만 원.

그걸로
밥 먹고 살려면
한 달 내내
죽어라 써야 해.

아무튼 네 여친
잘 달래줘라.
결혼은 현실이야.

229

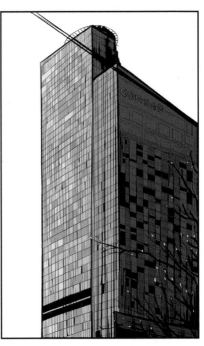

전에는 사방이 막힌 빌딩에서
안타깝게 밖을 내다보고 있었지만
이제는 밖에 나와 갇혀 있는 너희들을 본다.

것 봐. 함께 삼겹살도 구워먹고 좋잖아.

건배.

쭈욱

부모님께서 더는 못 참겠대.

나도 집에 할 말이 없어.

마음의 준비가 안 됐다, 조금 더 자유를 누리고 싶다, 경제적 여유가 없다.

갖가지 이유로 결혼을 미룰 때마다 기다렸던 분들이야.

편집장 마누라가 욕심나서 이러는 게 아니야. 잘 생각해봐. 내가 부모님 말씀에 왜 대꾸를 못 했는지….

10년을 기다리다 이제 곧 결혼인데….

시인이라고?

난 시인 마누라로
평생 뒷바라지만
하고 싶지 않아.

쭈욱

그러니까 자기,
다시 생각해봐.

다른 직업 갖고도
시 쓰는 사람들 많잖아.

쭈욱

다른… 일… 하면서…
시… 쓰는 사람… 만타고…?

콰콰콰

엄써!

묵고… 사는 데 쫓겨서…
시를… 다… 버리더락꼬…

콰콰콰

나도… 8년 똥안…
시… 몬 썼써… 증말…
안되드라…

8년을… 글케… 사니까…
마음이 아파… 죽겠더라…

에이!
바지 다 젖었잖아!
자크 올리고!

이거 놔!

봄날 뿡경을 보는
그 짧븐… 순간에…
이리케… 살믄…
안 되긋다라는
생각이 들더라…

니미… 더 이상은…
안 되긋따고!
희미해진 감성을
되찾아야 되긋따고!
그리고… 그 감성에
진짜 나를
맡겨야것따고…

술 너무 취했다.
나중에
이야기하자.

취했으니까…
얘기허는 거야…

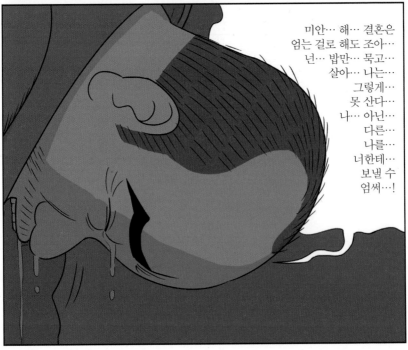

♫♪♪

♪♫♪

으응…

여보세요….

아…
작가님….

미안합니다… 미리
연락… 드렸어야
했는데…
회사 차원의
진행이니까
출판은…
일정대로…
될 겁니다.

아쉬워유.
편집장님 덕이
컸는디유….

별말씀을요.
전… 이제…
독자로서
기다리…
겠습니다.

벌컥   벌컥

덜컥

혹시 생두 판매하시나요?

물론이죠.

수망 로스팅 하시려고요?

예.

어떤 게 좋을까요? 전에 제가 여기 왔을 때 마신 커피 생두 있습니까?

케냐 피베리 가투야이니 였습니다.

이 봄날에 어울리는 커피죠.

그걸 찾으시는 걸 보니 저랑 취향이 비슷하시네요.

대개 봄날이면 산미가 따뜻하고 바디감이 발랄한 에티오피아 예가체프나 시다모가 어울린다 생각하지만 전 케냐 가투야이니 지역 커피를 좋아합니다.

워시드 방식으로 가공된 생두인데 잘 볶으면 꽃 향에 산미와 단맛이 조화롭고 충분히 꽉 찬 바디감을 맛볼 수 있죠.

들뜨기 쉬운 봄날에는 오히려 마음을 가라앉혀주는 커피가 궁합이 맞습니다.

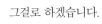

워시드 방식(Washed): 커피 열매인 체리를 물에 담가 24~36시간 정도 발효시키는 방식.

그걸로 하겠습니다.

왜 로스팅 요령을 알려주지 않고 그냥 보내셨어요?

237

피베리는 실패할 확률이 높은데 아깝잖아요. 가격도 비싼데….

맞다. 일반적으로 생두는 열매 안에 두 쪽이 마주 보고 있지만 피베리는 열매 안에 한 쪽의 생두만 있어서 두 쪽 짜리와 크기와 밀도가 달라 로스팅할 때 신경 많이 써야 하지. 특히 불 조절이 꽤 까다롭고….

그러니까 왜 그냥 보내셨냐고요.

그 손님은 맛이 중요한 것이 아니거든. 그냥 수망 로스팅을 하고 싶을 뿐이야.

예? 그걸 어떻게 아셨어요?

잡념이 많아 머리에…. 그럴 때는 로스팅이지.

봄이 깊었어. 너를 기다리는 동안 커피를 준비할게. 그 커피를 마시면 봄의 따스한 기운이 네 안의 화를 풀어줄 거야.

못 와도 이해해.
그래도 난
시를 쓸 거야.

쏴악

손으로
결점두를 찾아

갈라지고
찌그러진
원두를
골라낸다.

이런 걸로
커피를
내려 마시면
나 자신도
갈라지고
찌그러질 것
같아.

수망에
생두를 넣고

좌
악

점화.

딱

약불, 중불로
해도 되지만
오늘은
강불로 놓고

원두의
수분을 날린다.
내 머릿속의
잡념도 날아가길
바란다.

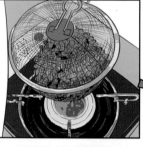

수망의
높이를
낮추었다.
본격적인
로스팅
과정이다.

이때도 계속 수망을 흔들어
생두가 골고루 불에 닿게 한다.
15분에서 20분 계속.

생두 색깔이
서서히
갈색으로
변한다.

열기는 방 안을
꽉 채운다.

240

계속 돌린다.
무념무상.

1차 팝핑!

탁

타탁

탁

팝핑(Popping): 열 때문에 생두 내부의 수분이 증가하면서 생두의 조직과 모양이 부풀어 올라 터지는 현상.

식힌다.

좌아악

달아오른 원두를
식히지 않으면
내부 열 때문에
내가 원한 포인트보다
로스팅이 더 진행된다.
내 인생이 그랬던 것처럼….

휙

휙

휙

휙

아이고! 팔이야!
안 되겠다! 선풍기!
선풍기!

휙

쏴아아

아우~
진즉
선풍기로
할걸.

어후~ 정말
지지리 궁상!
이 연기 좀 봐~

마침 로스팅 끝났어.
커피 마시자.
네가 옆에 있어야
내 풍경이 완성돼!

어서 나와!

억! 가스레인지
청소해야 해!

와! 눈이다!

형, 이게 뭐 눈이야? 꽃이잖아.

형이 눈이라는데!

알았어.

눈이다!

눈이다!

드르르르

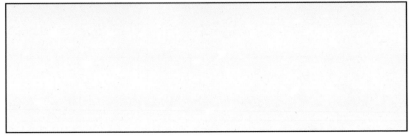

〈벚꽃 커피 당신〉 최갑수

벚꽃 아래였던 거지
바람이 속눈썹을 스쳐갔던 것인데

살얼음 녹고 먼 산 봉우리 눈이 녹아
그 평계로 두근거리며 당신을 불러내었던 것인데
그러니까 봄, 봄이었던 거야.
바람들 가지런한 벚나무 그늘에 앉아 커피 내리기 좋았던 평상이었던 거야.

햇살은 아직 야위었지만 당신 뺨을 비추기엔 모자라지 않아서
나는 당신 앞으로 슬며시 커피를 밀어놓았던 것인데

커피잔 휘휘 저으며 지금까지의 이별은 까마득히 잊고
당신과의 이별만 걱정이 되었던 이른 봄

꽃이 지고 다시 꽃 피는 그 사이
벚꽃잎 짧게 빛났던 허공

가만히 맨 손 쓰다듬으며 분홍의 시절에게 이르길
우리 한 생애가 이렇게 나란히 앉았으니 사랑은 이루어지지 않아도 사랑인
것이지

커피 식어가도 봄날은 지나가도 꽃 핀 정성은 가득했네
말간 사기잔 조심히 커피 물 끓인 보람은 설레었네.

〈커피 한잔 할까요?〉의
작업실을 공개합니다.

《커피 한잔 할까요?》는
이렇게 만들어집니다.

"온라인과 오프라인에 끼여 있는 세대의 작가로서 2년 전부터 종이 대신 모니터에 작업을 하고 있다. 편리한 점도 있긴 하지만 모니터에는 고통의 흔적이 남지 않는다. 온라인을 통해 만화를 보면 접근성은 높아질 수 있지만 작가들의 노고가 너무 쉽게 가려지는 게 아닌가 하는 생각이 든다. 〈몬테 월시〉라는 영화에 나오는 카우보이들처럼 종이 만화 역시 점점 사라져 가는 것이 아쉽다."

"우리 애들(문하생)한테 늘 이야기한다. 칼싸움하는 만화는 손을 대면 베일 것 같을 정도로 칼을 잘 그려야 하고, 전쟁 만화는 무기를 실감나게 그려야 하고, 먹는 만화는 흑백으로 봐도 군침이 돌게 그려야 한다고. 이번엔 커피니까 커피를 잘 그려야 한다. 에스프레소(커피 원액) 위에 크림으로 작품을 그리는 것 하나하나 보면서 그리고 있다. 독자들에게 그 향기까지 전달됐으면 좋겠다. 이러니 내가 힘들어서 살겠소!(웃음)"   〈중앙일보 인터뷰 중에서〉

Q 커피를 잘 모르는데 커피 만화를 그리는 것이 가능한가.

A "일본에 유명한 낚시 만화가가 있는데 그 사람은 정작 낚시를 할 줄 모른다. 모르는 사람으로서 접근하는 것의 장점이 있다. 모르는 데서 출발하니까 초보부터 전문가까지 볼 수 있는 만화를 만들어낼 수 있다."

〈중앙일보 인터뷰 중에서〉

1화
〈눈 오는 날엔 좋은 일이〉 취재일기

만화의 주무대는 이야기의 성격과 주인공의 동선을 생각해 일단 작은 규모의 카페로 정했다. 배경이 될 만한 실제 카페 섭외가 다음 작업이었고 몇 개월 동안 수소문하여 이곳저곳을 돌아다닌 끝에, 완벽하지는 않지만 얼추 마음에 드는 카페를 최종 후보로 낙점하였다. 그럼에도 혹시나 하는 마음에 마지막 배경 헌팅을 시도했고 그때 만난 곳이 바로 '노아스로스팅'이었다. 그곳의 골목과 아담하고 정갈한 공간만으로도 마음에 들었는데 근사한 로스팅실까지 갖추고 있어 주저 없이 최종 후보를 번복하게 되었다. 무엇보다 다행인 것은 커피 맛 또한 좋다는 것이었다. 애초에 배경으로만 활용할 예정이었으나 이윤정 대표를 비롯하여 '노아스로스팅' 스태프들의 헌신적인 도움이 작품에 큰 활력을 불어넣고 있다.

'후지로얄코리아'의 윤선해 대표의 도움으로 사전 취재 기간을 보다 알차게 보낼 수 있었다. 로스팅에 관한 기초 지식과 함께 각종 전문 세미나와 양질의 실습을 통해 작품이 다루어야 할 커피 정보의 수준과 난이도를 가늠할 수 있었다. 이 모든 것이 윤대표와 직원들의 따뜻한 배려로 가능한 일이었다.

2화
〈60점짜리 커피〉 취재일기

가장 큰 오해가 있었다면 지금까지 에스프레소는 버튼을 누르면 알아서 나오는 손쉬운 커피인 줄 알았던 것이다. 취재를 통해 한 잔의 에스프레소가 탄생하기까지 바리스타들의 수많은 고뇌와 상상을 초월하는 노력 그리고 지극한 정성이 투영된다는 것을 알게 되었고 점차 그 커피 한잔이 주는 멋과 맛에 빠지게 되었다. 에스프레소는 머신이라 불리는 기계가 뽑는 커피가 아니라 결국 인간이 만드는 커피였던 것이다.

고백하자면 실수였다. 강고비 대사 중 파인으로 돌려 원두 입자를 가늘게 해서 과다추출을 줄여보자는 의미의 내용이 있는데 여기서 파인은 그로사가 맞고, 그로사로 돌리면 입자가 굵어져 과다추출의 피해를 줄일 수 있다. 강고비의 대사대로라면 과다추출을 피할 방법이 없었다. 이 내용이 나간 후 바리스타들의 열화(?)와 같은 문자 세례를 받았고, 대사를 고치는 대신, 결국 5화에서 권요섭, 임성민 바리스타가 강고비에게 한 수 가르치는 장면으로 실수를 정정하는 기지(?)를 발휘했다.

3화
〈홈그라운드〉 취재일기

한번은 멍하니 카페 창밖을 바라보다 '카페 자리마다 시간제한을 둔다면 몇 시간이 적정한가?'라는 뜬금없는 생각을 떠올린 적이 있었다. 평소 카페의 공간도 커피 맛에 지대한 영향을 주는 요소라는 게 지론이었고 '공간과 궁합이 맞는다면 하루 종일 있어도 좋다'라는 결론을 내렸다. 물론 한 잔으로 그칠 게 아니라 다양한 커피를 주문하는 것이 예의일 것이다.

이웃 나라 일본에선 일인용 자리를 확대하고 그 자리에서만 전기 사용이 가능한 매장이 점
차 늘고 있다고 한다. 시대와 생활양식이 변하면 그에 맞게 변하는 카페도 생기기 마련이다.

4화
〈보온병의 커피〉 취재일기

까탈을 부리자면 스테인리스 보온병은 장시간 원두커피를 담기에 적당한 용기는 아니다. 원두커피와 쇠는 상극이고 무엇보다 향이 상하게 된다. 맛있는 원두커피를 굳이 그렇게 맛 없게 마실 필요가 없다. 여기까지는 과학적이고 이성적이며 평균적인 맛의 기준으로 내린 결론이다. 그러나 세상에는 보온병 속 커피보다 맛없는 커피가 수두룩하다. 자신의 마음을 전달하고 싶다면 난 차라리 보온병 속 커피를 선택할 것이다. 내 마음의 따뜻한 온기와 진심을 상대방에게 전달할 수 있다면 보온병은 그것만으로도 충분한 존재 가치가 있다. 때론 감성이 절대적인 맛의 기준을 압도할 때가 있다.

5화
〈지옥에서 커피 한잔 헬커피〉 취재일기

실제 카페를 실명으로 소개했다. 등장인물인 권요섭, 임성은 역시 실존 인물이다. 만화로 실존하는 카페와 커피에 권위를 부여하고 싶지 않다. 다양한 카페와 커피를 소개하는 자리 정도로 가볍게 생각하고 즐겨주길 바란다. '헬카페'는 마니아적 요소가 다분한 커피를 내놓는 카페다. 앞으로 부지런히 전국의 카페를 찾고 커피를 맛본 후 독자들에게 소개할 예정이다.

6화
〈안녕 자판기〉 취재일기

자판기가 발목을 잡았다. 예상 밖의 일이라 당황했다. 간단하게 생각했던 자판기 내부 촬영이 《식객》 시절 도축장 내부 취재만큼이나 까다롭고 어려웠던 것이다. 그 까닭은 자판기 위생과 관련된 일들이 뉴스의 단골 소재였기 때문이었다. 무작정 주인을 기다리기도 했고 회사를 통해서 시도를 해보았지만 모두 허사였다. 결국 지인의 출판사가 자리 잡은 빌딩 내 자판기 섭외에 성공했고 설득 끝에 내부 촬영까지 무사히 마칠 수 있었다. 자판기 하나 때문에 인맥까지 동원한 웃지 못할 상황이 연출되었다. 촬영 후 주인은 자신이 관리해온 자판기가 나오는 날짜의 신문을 꼭 구해달라는 조건을 걸었다. 감사의 마음은 아낄 필요가 없다. 신문은 물론이고 단행본도 선물로 드릴 예정이다.

7화
〈오렌지처럼 상큼하게〉 취재일기

에스프레소를 바탕으로 만드는 베리에이션 메뉴는 셀 수 없이 다양한 종류가 존재하고 있다. 그중 라테와 카푸치노는 가장 손쉽게 접할 수 있는 베리에이션 메뉴. 이런 종류의 커피는 현란한 기교를 통해 눈요기를 제공하지만 결국 에스프레소와 부재료의 조화를 통해 표현되는 맛이 핵심이다. 요리와 별반 다름이 없다.

'노아스로스팅'은 본관과 별관으로 나뉘어 있다. 배경 무대인 별관은 테이크아웃 전문이며 본관은 보다 큰 규모로 제빵과 제과 작업도 함께 이루어지고 있다. 오렌지 콩피와 시럽 그리고 구겔호프는 모두 노아스로스팅 본관에서 취재했고 현재 판매되고 있다. 오렌지 카푸치노도 물론이다.

다만 배경의 혼선을 초래할 것 같아 가원의 작업 과정을 '리치몬드'를 빌어 배경으로 삼았을 뿐이다. 까다로운 부탁임에도 배경 촬영을 흔쾌히 허락해준 리치몬드 관계자 여러분께 감사의 마음을 남긴다.

8화
〈봄날 커피 한잔은 이렇게〉 취재일기

봄날의 커피를 이야기하고 싶었다. 커피만으로는 계절감을 표현할 수 없어 벚꽃을 생각했고 벚꽃만으로는 식상한 것 같아 고민 끝에 최갑수 작가에게 시 한 편을 부탁했다. 시인으로 등단하여 현재는 국내 최고 여행작가의 반열에 오른 최작가에게는 뜻밖의 원고 청탁이라 마음이 쓰였는데 흔쾌히 승락했다. 그렇게 받은 시가 본편 엔딩에 나오는 〈벚꽃 커피 당신〉이다. 시를 받자마자 "역시 최갑수다"라고 고개를 끄덕였고 최작가 역시 시가 마음에 든다며 몇 번의 수정 작업을 통해 시를 보다 섬세하게 다듬어주었다. 봄날 커피 한잔은 이런 운치와 감성에 젖어야 한다. 적어도 한 잔은 그렇게 마셔야 한다. 그것이 봄과 벚꽃과 커피를 함께 마시는 당신에 대한 예의다.

또한 본 에피소드는 허구일 뿐 최갑수 작가의 사생활과는 아무 관련이 없다.

사진 제공 여행자의 식탁 김진영

수망로스팅은 이병욱 바리스타의 도움으로 진행하였다. 다급한 일이 생길 때마다 마치 119 처럼 전화를 걸어 미안할 따름이다.

허영만의
커피한잔
할까요? ☕

초판 1쇄 발행 2015년 4월 29일 **초판 19쇄 발행** 2023년 8월 25일

지은이 허영만 **글** 이호준
펴낸이 이승현

편집1 본부장 한수미
와이즈 팀장 장보라
디자인 조은덕

펴낸곳 ㈜위즈덤하우스 **출판등록** 2000년 5월 23일 제13-1071호
주소 서울특별시 마포구 양화로 19 합정오피스빌딩 17층
전화 02) 2179-5600 **홈페이지** www.wisdomhouse.co.kr

ISBN 978-89-5913-916-3 [04810]
      978-89-5913-917-0 (세트)